GRASSOT

EN ITALIE

LETTRES

FAMILIÈRES ET ROMANESQUES

13569

PARIS

LIBRAIRIE MODERNE

Boulevard de Sébastopol (rive gauche) et rue de la Harpe

GUSTAVE HAVARD, ÉDITEUR

1858

GRASSOT EN ITALIE

LETTRES FAMILIÈRES ET ROMANESQUES

GRASSOT

EN ITALIE

LETTRES

FAMILIÈRES ET ROMANESQUES

PARIS

LIBRAIRIE MODERNE

Boulevard de Sébastopol (rive gauche) et rue de la Harpe

GUSTAVE HAVARD, ÉDITEUR

—

1858

AVERTISSEMENT DE L'ÉDITEUR

—⋘—

On sait que Grassot est parti pour l'Italie par or-
donnance de médecin. L'illustre voyageur a consigné
ses observations à chaque étape dans des lettres mar-
quées au bon coin (sans jeu de mots). C'est ce qu'on
a écrit de mieux sur l'Italie depuis le président des
Brosses.

GRASSOT

EN ITALIE

LETTRE PREMIÈRE

A HYACINTHE (DU PALAIS-ROYAL

Route de Paris à Avignon

Il y a longtemps, mon bon, que j'avais le dessein de voyager, parce que les voyages forment le cœur et l'esprit, comme on peut le voir par l'exemple de Télémaque. Je monte donc en chemin de fer, et fouette, cocher ! *Niouf! niouf!* pour l'Académie française, si cette phrase lui déplaît.

Tu sais que je vais en Italie pour me guérir d'une extinction de voix ou aphonie, c'est ainsi

que la chose s'appelle en grec. C'est composé
de *a* privatif et de *phonè* ou quelque chose d'ap-
prochant qui signifie voix. C'est le conducteur
du train, un ancien prix d'honneur au grand
concours, qui me l'a appris. On dit également
symphonie, euphonie, cacophonie, etc., quoique
ces mots ne signifient pas du tout la même
chose, mais ils sont aussi tirés du grec. Tu devrais bien apprendre le grec, mon bon, et cela
me fait rougir de penser que toi et Ravel vous
n'en savez pas le premier mot, non plus que
cet excellent Dormeuil, tandis qu'à l'Odéon les
ouvreuses elles-mêmes s'expriment dans cet
idiome plus doux que le miel.

Par suite de mon aphonie, mes accents sont
tout ce qu'il y a de plus léger, de plus voilé,
de plus mystérieux, autrement dit un souffle,
un soupir, un murmure de harpe éolienne.
D'ailleurs mon médecin m'a défendu de forcer
mes moyens. Un monsieur assis à côté de moi
me demande si nous serons bientôt à Dijon.
(Note que nous quittions à peine la station de
Charenton; nous étions partis depuis dix minutes.)

MOI, *tout bas.* — Elle est bonne, celle-là.

LE MONSIEUR, *penchant l'oreille de mon côté.* — Pardon, vous dites?...

MOI, *léger murmure.* — Je dis qu'elle est forte la balançoire.

LE MONSIEUR, *un peu vexé.* — Je n'ai pas entendu.

MOI, *voix mourante.* — Ni moi non plus.

C'était la pure vérité; mon souffle s'était perdu dans les airs et je ne m'étais pas entendu moi-même. — Ah çà! s'écrié le monsieur furieux, est-ce que vous me faites poser? Voudriez-vous me faire passer pour sourd aux yeux de toute la compagnie? Naturellement je lui donne une tape sur le ventre, et nous nous levons pour nous sauter dessus l'un à l'autre, lorsqu'à la clarté d'une lanterne (c'était la nuit) je reconnais... devine qui? notre ami Bouchencœur, dont nous avons célébré les noces il y a si peu de temps. Juge de nos transports! — Bouchencœur! — Grasset! — Dans mes bras! — Sur mon gilet de flanelle! Bouchencœur,

qui n'est pas bête, se retire en Bourgogne avec
son épouse, à cause des vignobles de ce pays.
Son projet est de s'adonner au vin, j'entends
de faire le commerce du vin. Je lui explique
que je vais me guérir d'une aphonie, maladie
tirée du grec. Tous les yeux se fixent sur moi;
il est évident que l'on me prend pour M. Bur-
nouf, auteur d'une grammaire grecque mé-
diocre, à ce que m'a dit le conducteur du
train.

Bouchencœur me quitte à Dijon avec sa
femme, et nous arrivons à Lyon pour déjeuner.
Lyon, que je croyais un tout petit village, est,
ma foi, une superbe ville. On n'y connaît pas
le cassis, mais la bière du pays n'est pas à mé-
priser. A mon arrivée, toute la ville était en ru-
meur, à cause d'une grosse pierre trouvée dans
la Saône et qui porte une inscription latine
assez difficile à déchiffrer. Les savants du pays
étaient sur le point de se prendre aux cheveux
au sujet de cette inscription; ils ont bien voulu
me faire l'honneur de me prendre pour arbitre
dans cette affaire, et je leur ai promis de traiter
la question très-prochainement dans un mé-

moire qui les mettra tous d'accord. Voilà ce que c'est que de savoir le latin ; tu devrais bien te le faire enseigner en vingt-deux leçons, ainsi qu'à Brasseur.

Je profite de ce qu'il n'y a plus d'eau du tout dans le Rhône pour descendre ce fleuve jusqu'à Avignon, où j'arrive ce soir, après avoir salué en passant Valence, la patrie de Ponsard. Ce poëte s'y trouve en ce moment, et comme il met la dernière main à une tragédie, on invite tous les voyageurs qui entrent dans la ville à faire le moins de bruit possible. On les force même à ôter leurs souliers, et si quelqu'un avait le malheur d'éternuer, on lui ferait certainement un mauvais parti. Tu sais que la muse s'effarouche facilement, toi qui travailles dans tes moments perdus à un poëme épique. Nous passons donc dans notre barque devant Valence en catimini.

Pendant que Ponsard travaillait
A sa nouvelle tragédie,
Le rameur doucement ramait
Sous peine de perdre la vie.

La barque lentement filait,
Chacun son souffle retenait
Pendant que Ponsard travaillait.

Je ne t'en écris pas plus long ce soir, je vais me coucher. On dit qu'il y a encore des castors dans le Rhône, je n'en ai pas aperçu un seul ; du reste je tirerai la chose au clair demain avec le jour. A bientôt. *Niouf, niouf* pour les castors et pour toi ! Mes compliments à tous les vieux de la vieille du café de... Dis à Machin que...

(Le dernier paragraphe de cette lettre ayant trait aux affaires personnelles de Grassot, les lois de la convenance nous font un devoir de le supprimer.)

LETTRE DEUXIÈME

AU MÊME

D'Avignon à Marseille

Dans ma dernière j'étais resté à Avignon. Tu sais ou tu ne sais pas que cette ville a été autrefois le séjour des papes, qui l'ont entourée de remparts magnifiques. Il y a une fort belle chanson sur les remparts d'Avignon et une autre aussi sur le pont d'Avignon que je te chanterai à mon retour. Le pont est très-beau et je suis passé dessus avec plaisir, mais ce n'est pas à cela que je mangerais deux cent mille livres de rente, si je les avais. On passe et l'on repasse une fois, c'est bien suffisant, quoi qu'en disent les gens du pays. Quant aux remparts, je ne les

crois pas à la hauteur de l'art militaire moderne,
bien qu'ils soient crénelés, garnis de redans et
de mâchicoulis dans tout le pourtour et flanqués,
de cinquante pas en cinquante pas, de tours
carrées.

J'ai eu à leur sujet une discussion savante
avec un invalide qui avait un nez en maille-
chort, et je lui ai soutenu que toi, Hyacinthe,
tu emporterais la ville d'assaut en quelques
heures, ce qui a paru beaucoup contrarier ce
vieux brave. Pour le calmer, je lui ai offert une
tournée de consolation, et nous nous sommes
quittés les meilleurs amis du monde.

Quelques heures après j'étais à Aix, l'an-
cienne capitale du roi René. Cette jolie petite
ville est peuplée de gens de condition au milieu
desquels je devais naturellement tenir mon
rang. C'est ici qu'il fallait faire un peu sa tête
et montrer quelque chic. On voit encore à Aix
des carrosses dans lesquels se promènent les
gens du bel air ; n'en trouvant pas à louer, j'ai
pris une chaise à porteurs pour aller faire mes
visites, et c'est en cet équipage que je me suis
rendu au musée. On est, ma foi, très-bien là

dedans. J'arrive donc au musée; le conservateur, voyant entrer dans la cour une chaise à porteurs, croit avoir affaire à quelque noble douairière de la ville et accourt tout essoufflé pour lui offrir la main. *Niouf, niouf!* que je lui fais au moment où il ouvre la portière. — Ciel! s'écrie-t-il, c'est notre célèbre Grassot. Nous rions beaucoup de la méprise, et il me promène dans les salles du musée, qui est, ma foi, très-bien entretenu. Entre autres tableaux curieux, il m'en fait remarquer un qui passe ici pour être un Raphaël authentique, mais qu'au premier coup d'œil j'avais reconnu pour un simple Pérugin. Je n'en ai pourtant rien dit pour ménager la susceptibilité des habitants d'Aix, qui sont très-fiers de leur musée.

J'ai vu des tableaux non sans mérite du roi René. Ce prince avait la passion de consacrer ses pinceaux à reproduire du gibier, de la volaille, etc., et c'est lui, paraît-il, qui a peint les poulets, les pâtés, les fruits en carton et autres accessoires de ce genre qui paraissent quelquefois sur les théâtres de Paris, dans les scènes de gobichonnade. Voilà du moins ce qui m'a assuré le conservateur, mais peut-être m'a-t-il fait poser. Informe-toi, du reste, auprès de Dormeuil, il pourra te renseigner à cet égard.

Les habitants d'Aix sont très-polis et très-affables envers les étrangers; figure-toi que plusieurs notables ont voulu successivement porter ma chaise. Je ne ferai pas le même compliment à ceux de Grasse. Il m'est arrivé dans cette ville une aventure que je n'oublierai jamais. Les Grassiottes m'ont pris pour Voltaire, et ils ont absolument voulu me brûler sur la place publique. Ah! je te l'avoue, j'ai eu une fière venette! Du balcon de mon hôtel, j'ai essayé de haranguer la foule; mais comment, avec mon extinction de voix, dominer le tumulte et les cris: « A bas l'infâme! » qui retentissaient de toutes parts? Je me suis échappé par le jardin et je suis arrivé toujours courant à Marseille, pendant que ces forcenés de Grassiottes fouil-laient ma chambre et s'emparaient d'un caleçon que j'y avais laissé, et qu'ils auront sans doute brûlé à ma place.

Tu comprends que ce ne sont pas des alertes de ce genre qui me rendront mon *ut* de poirine. Nom d'un petit bonhomme! bien m'en a pris de posséder l'agilité du cerf. Permets-moi de ne pas te dire un mot de la Cannebière; les Marseillais eux-mêmes sont blasés sur cette curiosité, et ils ne s'occupent en ce moment que du percement de l'isthme de Suez. Tu sais que j'ai étudié à fond cette question et je te l'expliquerai à mon retour. Toi qui as du nez et une grande profondeur de vues, tu seras convaincu comme moi que le canal de Suez doit aboutir à Peluse. On était fort inquiet à Marseille de savoir ce que j'en pensais; quand on a appris que j'étais pour Peluse, ç'a été un immense éclat de joie. La ville s'est illuminée comme par magie, et le soir on m'a donné une sérénade.

Tout cela ressemble peu à la réception de Grasse, mais les destins et les flots sont changeants; il faut de la philosophie ici-bas. Nargue les vents et les orages, et sachons faire danser la pièce de cent sous en attendant qu'elle se démonoitise.

Vale et me ama.

LETTRE TROISIÈME

AU MÊME

De Marseille à Gênes

Et les *biches*, mon bon ! Il n'a pas encore été question des *biches* dans ma relation de voyage, c'est pourtant un détail de mœurs que le véritable observateur ne doit pas négliger. La *biche* proprement dite n'existe pas en province, non plus que le *monsieur qui suit les femmes*, autre type essentiellement parisien. Mais, avant d'aller plus loin, j'ai une rectification à faire.

Je m'aperçois d'un énorme lapsus qui m'est échappé dans ma première lettre où je te donnais Valence comme la patrie de M. Ponsard ; c'est Vienne qu'il fallait dire. Cette rectification

est importante, parce que je me reprocherais
toute ma vie de t'avoir induit en erreur, et que
dans des lettres écrites uniquement pour ton
instruction, il ne doit y avoir aucun détail er-
roné; autrement ce serait t'exposer à te faire
rire au nez par toutes les sociétés savantes.
Certes, rien ne me serait plus facile que de
mettre ce *lapsus plumœ* sur le compte du fac-
teur qui t'a remis ma lettre, mais j'aime mieux
épargner cette humiliation à ce fonctionnaire et
avouer tout de suite ma distraction.

Je quitte Marseille sur un paquebot qui part
pour Gênes, et me voilà en pleine mer. Pour en
revenir aux *biches*, je crois en apercevoir une
sur le pont du paquebot, et je me mets à
la suivre. Elle va de l'arrière à l'avant, je lui
emboîte le pas; elle repasse à l'arrière, je passe
à l'arrière à sa suite; elle descend l'escalier de
la chambre, je me précipite dans l'escalier sur
ses talons. Au bas de l'escalier, une main se
pose sur mon épaule, un pistolet se dresse sur
ma poitrine, et une voix me crie à l'oreille :
— Attends, savoyard, je vais te cribler de chevrotines ! Fichtre ! je saute en arrière. C'était

Pont-aux-Choux, le jaloux et sauvage Pont-aux-Choux, toujours furieux comme un tigre du Bengale.

Ma vue le désarme; il s'assied sur l'affût d'un canon et me raconte son histoire. Pont-aux-Choux quitte la France avec son épouse, parce que ce type du *monsieur qui suit les femmes* ne lui laissait pas de repos. Il compte aller s'établir sur le sommet du Vésuve dont les rugissements répondront aux siens, volcan contre volcan. — Ma poitrine, me dit-il, est remplie d'une lave bouillonnante qui ne demande qu'à s'échapper à torrents.

— Nom d'un petit bonhomme, réponds-je, ce doit être bien gênant!

— Tu peux le dire! il m'arrive parfois de verser des larmes de sang.

— Alors, tu devrais porter des lunettes vertes pour que ça ne se voie pas.

— Mais ce n'est pas tout, reprend Pont-aux-Choux; depuis que nous sommes embarqués il m'est venu un autre soupçon sur mon Herminie. Je crois qu'elle s'entend avec les Barbaresques.

— Les quoi?... Comment dis-tu ça?

— Les Barbaresques. Tu sais qu'ils infestent la Méditerranée, et ces gaillards-là ne se contentent pas de suivre les femmes, ils les enlèvent pour les vendre dans les harems. Ce qui fait que je soupçonne mon Herminie, c'est qu'elle n'a pas fait de difficultés pour s'embarquer ; elle a même mieux aimé ça que de prendre la route de terre. Es-tu mon ami?

— Tu n'en saurais douter.

— Eh bien, fais-moi le plaisir de monter dans la hune et d'y rester en vigie pour me signaler toutes les galères ou les tartanes suspectes qui pourraient paraître à l'horizon... Mais à propos de tout ça, dis-moi donc une chose : pourquoi suivais-tu mon Herminie?

— Pour te faire une farce, mon bon. Je t'avais reconnu.

C'était une vraie frime, comme tu penses bien, car je n'allais pas dire la vérité à un gaillard aussi féroce que Pont-aux-Choux. Puisse son exemple te montrer tous les inconvénients de la jalousie, à laquelle tu ne me parais toi-même que trop enclin!

— Eh bien, me dit Pont-aux-Choux, ça y est-il?

— Quoi donc?

— De monter dans la hune.

— Ah! sac à papier, montes-y toi-même!

— Alors je vais derechef te cribler de chevrotines.

Je veux crier à la garde, mais cette fichue extinction de voix m'en empêche. Juge si j'étais dans mes petits souliers! Heureusement, voilà Pont-aux-Choux qui pâlit tout à coup et s'affaisse; il avait le mal de mer. Ah! le malpropre! Je ne t'en dis pas davantage. Pont-aux-Choux se roule sur le pont, en disant que c'est son Herminie qui l'a empoisonné pour être veuve et pouvoir convoler plus librement, mais qu'avant de mourir il se vengera, et que la soirée sera bonne pour Némésis. Quel spectacle! Il y avait des moments où je me croyais à une représentation d'*Othello*.

Cependant nous arrivons en vue de Gênes. Tu sauras que c'est une ville de toute beauté, bâtie en marbre par économie, parce que le marbre est pour rien dans le pays. Aussi tout ou presque tout est-il en marbre, jusqu'aux poulets que l'on sert dans les tables d'hôte aux voyageurs. C'est artistique et d'un grand chic, mais ça ne doit pas être tendre. On a à Gênes un hôtel de marbre pour quatre baïoques, à ce que m'assure un passager. Je ne sais pas ce que c'est qu'une baïoque ou un baïoque, et je ne connais pas même le sexe de cette monnaie. Tout de même, ça me paraît à bien bon marché.

Quant à l'aspect que présente Gênes bâtie en amphithéâtre au bord de la mer, c'est quelque chose de ravissant. O l'Italie, mon bon! quelle contrée plantureuse! Italie, poétique Italie, tu fus toujours l'objet de mes rêves. Que de fois j'ai cru sentir tes brises embaumées caresser mon front et passer dans ma chevelure! Et les citronniers! et les orangers! et les pastèques! et les melons! Car on m'assure qu'il y a du melon parfaitement mûr en ce moment dans toute l'Italie. Comprends-tu cela? du melon au mois de février. Et puis, les sérénades, les tarentelles, les barcarolles et les beaux yeux noirs!

Ah ! je sens les frissons de la poésie qui me donnent la petite mort dans le dos. *Italiam ! Italiam !*

Pendant que je pince ainsi de la guitare, l'affreux Pont-aux-Choux, que j'avais complétement oublié, reparaît à l'improviste. Juge si ça me dégrise ! Pont-aux-Choux, qui n'a plus le mal de mer, me supplie de l'aider à surveiller son épouse au moment du débarquement, parce qu'il la soupçonne d'être de connivence avec trois passagers du bateau, un Anglais, un Marseillais et un Italien. Il n'est plus question des Barbaresques. J'aurais autant aimé monter dans la hune ; aussi je m'empresse de fuir Pont-aux-Choux, qui ne voulait pas me lâcher.—Ciel ! me disait-il, ai-je été assez bous-culé par les éléments !— J'échappe à cet animal et je cours contempler la statue du grand Doria. A l'aspect du marbre qui représente ce grand homme, des larmes d'admiration et d'enthousiasme coulent de mes yeux. Sache-le bien, Hyacinthe, Doria fut un général et un citoyen illustre, la gloire de Gênes, et ni toi ni moi ne lui allons à la cheville.

Afin d'honorer ce héros
Qui gagna plus de vingt batailles
Tant sur terre que sur les eaux,
Qui foudroya forts et murailles,
Villes, flottes et cætera,
A la santé de Doria
Je vais prendre mon gloria.

A la tienne aussi, mon bon ! Mais qu'aper-
çois-je ! Encore cette bête de Pont-aux-Choux
qui erre dans la ville, probablement à la recherche de son Herminie. Il vient de mon côté ;
en voilà un être collant ! Je me la casse promp-
tement, et, au détour de la première rue, je me
fais un porte-voix de mes deux mains et, réu-
nissant toutes mes forces, je lui crie : —Affreux
cornichon ! — Un fauve rauquement sort de la
poitrine de Pont-aux-Choux. Il regarde de tous
les côtés, et je m'évapore à la faveur des ténè-
bres.

LETTRE QUATRIÈME

AU MÊME

Gênes et Padoue

Mon voyage est mêlé de hauts et de bas, de miel et de chicotin ; par moments l'absinthe ne manque pas dans ma coupe, moralement s'entend et simple façon de parler; je veux dire que tout n'est pas rose, chèvrefeuille et lilas dans mon existence depuis que j'ai mis le pied sur la terre d'Italie. Il y a des instants où je préférerais être à Montmartre ou aux Batignolles, quoique ça soit bien moins poétique.

Figure-toi qu'à Gênes, dans l'hôtel où j'étais descendu, j'avais pour voisins un Anglais et une Anglaise de la plus haute distinction. Per-

mets-moi de te cacher leurs noms, il faut être
discret. Tu sauras seulement qu'ils avaient
quitté Londres au moment de la crise minis-
térielle, parce qu'on voulait forcer le mari à
composer un cabinet pour remplacer lord Palmerston, ainsi ce n'est pas de la ripopée; je
tiens ces détails de la dame. A la table d'hôte
où j'étais assis auprès d'elle, tantôt elle me passait la main dans les cheveux, tantôt elle se
penchait à mon oreille pour me murmurer les
mots les plus parfumés, comme : *Furnished
appartment, english spoken, I love you*, etc. Ça
me gênait, parce que je n'aime pas les familiari-
tés, et ça gênait aussi le mari qui vint un matin me proposer de nous couper la gorge ensemble.

— Milord, lui réponds-je, je suis venu justement en Italie pour me la réparer, la gorge,
et vous voulez me la couper? Vous êtes encore
un drôle de corps, vous! un bon type, un far-
ceur, un *blaguard*, comme on dit en Angle-
terre.

Ces mots le firent réfléchir, mais le soir après
le dîner il me prit à part et me dit : — Eh

bien, est-ce demain matin que nous nous cou-
pons la gorge?

— Bah! lui dis-je, si nous allions prendre
une chope!

— Oh! yes, fait-il, avec l'accent de Levas-
sor; c'était avec satisfaccheune.

Nous allons au café boire deux chopes que
je paye, bien entendu, et je me couche pensant
que c'était fini.

Le lendemain après déjeuner, il me prend
dans l'embrasure d'une croisée pour me dire :
— Et le gorge à vô?

— Qu'est-ce que vous dites, milord?

— Je dis le gorge à vô que je voulais couper, moâ.

Fichtre! quelle bassinoire que cet homme-
là! Je lui offre le café avec le petit verre et la
rincette, qu'il accepte. Nous trinquons, après
quoi cet affreux pique-assiette me pose de nouveau la question, en me laissant le choix des
armes.

Mon choix ne pouvait être douteux; je choisis l'arme de la fuite, car la scie devenait trop
forte. — Milord, lui dis-je, attendez-moi là. Je

monte dans ma chambre, je fais mon paquet, et me voilà parti.

J'arrive à Padoue et je descends à l'hôtel *della Cabessa negra*, autrement dit de la *Tête noire*, pour toi qui ne sais pas l'italien. En tout autre moment je te ferais la description de Padoue, mais tu vas voir qu'il n'y a pas mèche pour l'instant. J'étais à Padoue depuis quelques heures, et l'aubergiste venait d'entrer dans ma chambre avec le registre sur lequel s'inscrivent les voyageurs, lorsqu'une voix trop connue, celle de mon Anglais, retentit dans l'escalier, s'informant s'il n'est pas descendu un jeune et bel étranger blond dans l'hôtel. Le scélérat m'avait suivi ! Comment me tirer de là ? Je prends le registre des mains de l'aubergiste qui me demandait mon nom et je m'inscris ainsi : — *La signora Grassotini, forte chanteuse.* Oui, ajouté-je, en regardant l'aubergiste stupéfait, vous voyez en moi, gros père, une gaillarde qui n'a pas craint de se déguiser en cavalier pour échapper aux poursuites d'un jaloux. J'arrive de Naples. — Di Napoli ? — Oui, gros père, di Napoli. *Veder Napoli e poi morire!* Voilà ce que c'est. A présent, je n'ai plus aucune raison de me déguiser, je suis ici en sûreté, et si vous pouviez me procurer des habits mieux adaptés à mon sexe, vous m'obligeriez, car vous avez l'air d'un brave homme.

Le tour avait réussi, mais tu vas voir ; il faut attendre la queue de l'événement.

Dix minutes après j'étais habillé en signora, maquillé de rouge et de blanc, superbe, en un mot ! Il n'était plus question de mon Anglais qui courait à ma recherche tous les hôtels de la ville.

Vers le soir, la cour de l'auberge se remplit tout à coup d'une foule en délire et l'on frappe à ma porte. C'était *l'impresario* de Padoue dont la *prima donna* venait de s'enfuir et qui arrivait me supplier de chanter à l'instant même le rôle de *Norma* à sa place. Mon gros *papa très-bien* d'aubergiste avait fait des siennes et s'était empressé de raconter mon aventure dans la ville.

J'envoie danser *l'impresario* tout naturellement, mais il tient bon, et tous les dilettanti de Padoue rassemblés dans la cour de l'auberge

font un tapage du diable. On m'enlève malgré
ma résistance et l'on me porte en triomphe au
théâtre.

C'est dans ces occasions-là, mon vieux, qu'il
faut savoir montrer du toupet. Les dilettanti
étaient si exaltés qu'ils m'auraient certainement fichu une danse. Allons-y gaiement! me
dis-je. Je fais faire par l'*impresario* une an-
nonce réclamant l'indulgence pour la signora
Grassotini, qui consent à chanter *Norma*, quoique très-enrhumée, et j'entre en scène.

Comme tu ne l'ignores pas, le geste tragique
est mon fort, c'est par là que je comptais me
sauver. J'attaque donc l'air de *Casta diva*. Nom
d'un petit bonhomme, quel succès !

Vous ne savez pas en France ce que c'est
qu'un succès; on y vient peu à peu, mais on n'y
est pas encore. En Italie, c'est quelque chose
d'extrêmement mousseux. On me crible d'ap-
plaudissements, on me mitraille de bouquets.
J'en reçois un sur le nez qui me fait éternuer
au milieu du *Casta diva*. Je vais toujours, et
c'est un triomphe jusqu'à la fin. Au moment
du fameux *Qual cor tradisti!* une immense

couronne m'est jetée si adroitement qu'elle me
tombe en plein sur la tête. Je saute à travers,
comme une écuyère du Cirque dans un cer-
ceau, sans pour cela perdre une note. Voilà un
tour de force ! J'envoie des baisers à la foule,
et l'on me rappelle vingt-sept fois de suite
après la chute du rideau. Je ne parle pas des
sonnets, la scène en était jonchée.

C'est ce qui s'appelle un succès.

Toute la ville de Padoue me reconduit aux
flambeaux jusqu'à mon hôtel. Dans l'escalier
je rencontre mon Anglais qui m'attendait. Il
était venu au théâtre et m'avait reconnu. Voilà
mon milord qui se précipite à mes pieds en me
demandant pardon de m'avoir pris pour un
homme, et veut absolument que je soupe avec
lui. Va donc pour une légère gobichonnade;
ça m'allait assez après les émotions de la journée.

A table, milord me fait ses confidences. Il
n'est pas milord du tout et n'a jamais été chargé
de composer un cabinet. C'étaient des propos de
sa femme pour me donner dans l'œil ; il est
simplement coutelier, mais un fort coutelier de

Birmingham qui a le sac, et il met tous ses petits couteaux à mes pieds. — Et madame ? lui
dis-je, elle va m'arracher les prunelles. — Ah
bah ! qu'il me répond, je lui mettrai une corde
au cou et j'irai la vendre ; il y a un marché à
Londres pour ce genre de négoce.

En voilà un galopin !

Comment me tirer de là ? Je compte prendre
mes jambes à mon cou demain matin dès l'au-
rore, et me sauver à Venise, — *Venezia la
bella*, — où je suis capable d'épouser l'Adriatique.

Fais ton profit de cette lettre, mais ne la
montre pas à Dormeuil. Ça le chiffonnerait de
savoir que j'ai chanté *Norma* à Padoue, et il
m'accuserait d'abuser de mes moyens. Dans
ma prochaine, je t'apprendrai comment se dit
niouf! niouf! en italien.

LETTRE CINQUIÈME

AU MÊME

Séjour à Venise

Venise! Venise! *Venezia la bella!* J'y suis depuis trois jours et je me flanque des bosses d'italien et de charcuterie. On croit que c'est la mer à boire de parler italien, et cependant rien n'est plus facile. *Infelice! Io son pittore... Basta, allegramente, stufato, il mio padre,* etc., etc., cette langue ressemble beaucoup à l'auvergnat, il ne s'agit que d'attraper la prononciation. Mes flatteurs m'assurent que j'ai l'accent toscan. Toutefois il y a cette différence entre les deux langues que la première compte des littérateurs très-distingués; le Tasse, l'Arioste, le Dante,

Machiavel, Milton (1), etc., etc., ont composé de magnifiques poëmes en italien, tandis que je ne connais de composition remarquable en auvergnat que les notes de mon charbonnier qui est né à Saint-Flour. Quant à la charcuterie, tu ne te fais pas l'idée d'une tranche de saucisson de Bologne mangée sous le pouce.

C'est l'usage ici d'offrir l'hospitalité au nom de la ville aux étrangers de distinction. A peine arrivé on m'a conduit au palais Moncenigo, qui a été mis à ma disposition pour tout le temps de mon séjour à Venise. Tu vois par là que les propriétaires de ce pays-ci ne sont pas chipotiers comme les nôtres, ça fait leur éloge. Le palais Moncenigo est situé sur le grand canal, car tu sauras que toutes les rues à Venise ne sont que des canaux, de sorte que l'on peut pêcher à la ligne de son balcon. Pareillement, si on a chez soi quelqu'un qui vous ennuie ou qui vous manque de respect, il n'y a nul inconvénient à le jeter par la fenêtre. Cela se fait

---

(1) Grassot commet ici une légère erreur. Milton n'a pas écrit en italien, mais en anglais. — *Note de l'éditeur.*

tous les jours. L'individu congédié de cette façon tombe dans l'eau et rentre à la nage chez
lui. Ah! mon bon, c'est une chose curieuse
que la diversité des usages des peuples! Mais
il faut voyager pour voir cela, comme le dit
très-bien Montesquieu dans ses *Lettres per-
sanes*.

Le lendemain de mon arrivée, j'ai reçu la
visite d'un patricien des plus distingués de Venise, le seigneur Barbarini. Ce galant homme
m'apportait, avec ses civilités, une bourriche
de truites pour me régaler. Les truites sont
très-rares ici, et le peu qu'on en mange vient
des ruisseaux du Tyrol. Le seigneur Barbarini
m'a comblé de politesses, mais il me fait l'effet
d'un vieux birbe, *vecchio birbo*, comme on dit
en italien, et il m'a paru avoir la toquade de la
tragédie. Il m'a demandé si elle faisait toujours
fureur en France, et il m'a raconté que pendant un séjour qu'il a fait à Paris il s'était
abonné à l'Odéon. Pour ne pas contrarier ce
vieux *papa très-bien*, j'ai affecté de couper dans
ses idées. Alors il m'a déclamé le récit de Thé-
ramène; puis comme je voulais le reconduire

jusqu'à la rue, il m'a dit que ce n'était pas la peine, et il a piqué une tête par la fenêtre. Rien de plus commun ici que de voir les visiteurs prendre ce chemin pour s'en aller. Ils trouvent cela plus commode que de descendre l'escalier. Voilà l'utilité des canaux.

Quel singulier peuple! Mais c'est la vivacité même.

A Venise tout le monde sort en masque. C'est gênant parce qu'on perd par là une grande partie de ses avantages; mais c'est la mode ainsi que de s'habiller comme des acteurs de pantomimes. Les rues sont remplies de pierrots, d'arlequins, de Cassandres, de Léandres, de seigneurs Pantalons et de Colombines, car il le faut savoir que le carnaval dure ici toute l'année. Et tu n'es pas sans en avoir entendu parler de ce fameux carnaval ! Tous ces travestissements donnent un aspect des plus plaisants à la ville, qui a l'air de jouer une pantomime continuelle. Ainsi il n'est pas rare de voir un pierrot donner en passant un coup de pied au derrière à un Cassandre qui se trouve à sa portée. Le Cassandre renvoie la chose au premier

passant venu qui se trouve être un arlequin ou
un Léandre, etc., lequel le repasse à un autre,
ainsi de suite, de voisin en voisin, de rue en
rue. Le coup de pied court ainsi toute la ville,
qui a une lieue de long. Il faut se méfier de
ces tours-là, car Venise est remplie de trucs.
Hier, par exemple, dans un restaurant où je
dînais, mon potage, ma côtelette, mon verre,
ma bouteille, tout disparaissait comme par en-
chantement. C'était un pierrot caché sous la
table qui me faisait cette bonne farce.

Moi pas bête et qui ai vu jouer la pantomime
par Legrand, je flanque un soufflet à un monsieur assis auprès de moi qui le renvoie à son
voisin, lequel le colle à un autre, de façon à lui
faire faire le tour de la salle, et le dernier qui
le reçoit c'est le seigneur Barbarini qui entrait.
Nous avons ri comme des bossus; le comptoir
du restaurant était tenu par Colombine. Dans
ces cas-là, du reste, on ne manque jamais de
porter le soufflet sur l'addition de chaque con-
sommateur. C'est reçu.

Le seigneur Barbarini avait l'air furieux. Il
venait me chercher pour une affaire pressante,

à ce qu'il disait. Je le conduis au palais Moncenigo, et là il me déclare que je suis un palto-
quet, que je l'ai trompé, que je m'étais donné
pour un tragédien élève et successeur de Talma,
que c'est en cette considération qu'il m'a dédié
le matin une bourriche de truites, mais que
n'étant rien moins qu'un tragédien, il me
somme de la lui restituer tout de suite. Je lui
objecte qu'il se conduit comme un Savoyard. Il
s'élance sur la bourriche et la saisit par un bout,
je la retiens par l'autre. Nous luttons : à toi ! à
moi ! Il m'arrache la bourriche, je la lui re-
prends ; enfin je l'attrape par son fond de culotte et je le fiche par la fenêtre. C'était son
second plongeon de la journée dans le canal.
Il se repêche, remonte ruisselant comme un
chien mouillé et me flanque à l'eau à mon tour.
Sapristi ! quel patricien tannant et quel mauvais caractère ! Pendant qu'une gondole me re-
cueille, Barbarini se met à tout casser dans mon
palais. Soixante-quinze francs de dégât, mon bon,
et les truites remportées ! Heureusement que tout
sera au compte de la princesse, je veux dire de
la ville de Venise qui me donne l'hospitalité.

On mettra Barbarini sous les plombs pour huit jours, et il ne l'aura pas volé. *Addio, carissimo amico. Per Bacco!* je vais m'infuser un fort verre de punch dans le torse pour me réchauffer.

LETTRE SIXIÈME

AU MÊME

Suite du séjour à Venise

Toujours à Venise, mon bon ! j'y suis accroché, c'est le mot, je dirais même arquepincé si ce mot se trouvait dans le Dictionnaire de l'Académie, l'objet de mon culte, comme tu le sais.

Non, je le jure par la majesté du grand Dormeuil, je n'ai pas de chance.

Installé à Venise, dans le palais Moncenigo, je me dis : — Grassot, mon bon, un homme comme toi, qui loge dans un palais, doit avoir un *larbin*, un nègre, un esclave, un galopin à ses ordres. C'est, du reste, ce que me répétaient *tous les jours les nobles Vénitiens que je rencontrais* sur la place Saint-Marc. Le conseil des Dix même s'en était occupé. — Pourquoi le cavalier Grassot n'a-t-il pas de larbin ? s'était-il dit dans ses mystérieuses séances. Cela tournait à la scie. Il y avait des gens qui m'appelaient la nuit sous ma fenêtre pour me crier : — Hé ! Grassot, quand prends-tu un larbin ? C'était absolument comme si l'on m'eût demandé de mes cheveux.

Je me décide donc et l'on me procure un certain Gaëtano, un superbe homme de trente ans, orné de favoris magnifiques, avec qui je fais prix pour deux sequins par mois, mais qui avait des airs penchés ; j'aurais dû m'en méfier de ces airs penchés, comme tu vas voir.

Le lendemain de son installation, je me lève comme d'habitude, et je vais pour mettre mes nageoires (c'est ainsi qu'on appelle les bottes à

Venise, à cause que l'on barbote sans cesse dans les canaux). Mes nageoires n'étaient pas cirées et Gaëtano dormait comme une marmotte.

— Eh bien, lui dis-je, qu'est-ce que tu fais là ?

Gaëtano ouvre un œil languissant, soupire et s'écrie :

— *Ohime, povero infelice !*

— Qu'est-ce que tu veux dire ?

— *Dell'alma innamorata io sono.*

— Tu es amoureux ?

— *Si, signor.*

— Qu'est-ce que tu veux que j'y fasse ? Cela ne doit point t'empêcher de cirer mes nageoires.

Je sors furieux, et j'ai l'imprudence de raconter cette aventure sur la place Saint-Marc. Or, tu sauras qu'en Italie l'amour est considéré comme une maladie digne des plus tendres égards ; les infortunés qui en sont atteints deviennent inviolables et sacrés ; toute la ville s'intéresse à leur sort et va leur rendre visite, et il ne ferait pas bon les maltraiter en rien, on se ferait une mauvaise affaire. Le bruit de la maladie de Gaëtano se répandit en un instant dans

Venise, et le soir quand je rentrai je trouvai chez moi cinq ou six commères du quartier qui entouraient Gaëtano nonchalamment renversé dans un fauteuil. L'une l'éventait doucement, tandis que les autres lui épluchaient des oranges. On m'apprit que le coquin était amoureux d'une petite marchande de poisson frit.

Tout cela, comme tu le penses bien, ne faisait pas du tout mon affaire. Les commères me dirent que Gaëtano était improvisateur, qu'il éprouvait le besoin de composer des sérénades, paroles et musique, pour la petite marchande de poisson, et qu'ainsi je n'avais pas de temps à perdre pour aller lui chercher une guitare avant que les boutiques fussent fermées.

Là-dessus on me poussa dehors par les épaules, et me voilà courant dans Venise à la recherche d'une guitare. Heureusement je rencontre un Léandre qui chantait sous un balcon en s'accompagnant de sa mandoline. Je lui demande l'adresse de son luthier, il m'envoie promener. Pendant notre altercation, un Cassandre sort de la maison voisine et nous charge avec un bâton. Léandre dans sa fuite laisse tomber.

sa mandoline, je m'en empare et je rentre au palais Moncenigo.

Qu'est-ce que je vois? Mon drôle installé dans mon propre lit et ronflant comme un sabot. Je me fâchai ; les commères me dirent que les convenances l'exigeaient ainsi, que l'usage était en pareil cas de donner le meilleur lit de la maison à l'amoureux, *infelice innamorato*, et qu'il fallait bien prendre garde de troubler le sommeil de Gaëtano, parce que sans doute il voyait sa bien-aimée dans ses rêves.

Je lus le lendemain dans la *Gazette de l'Adriatique :*

Bulletin de la santé de l'infortuné Gaëtano, cicerone du cavalier Grassot.

« Les nombreuses personnes qui s'intéressent au sort du jeune Gaëtano, pris tout à coup de la fièvre d'amour, apprendront avec plaisir que son état est plus satisfaisant qu'on n'aurait osé l'espérer.

» Dans la journée il a mangé une douzaine d'oranges.

» Vers le soir, ayant témoigné le désir de posséder une guitare pour s'accompagner en chantant son martyre, son maître le cavalier Grassot s'est empressé de se rendre à ce vœu bien légitime, et il est allé incontinent lui chercher une mandoline.

» On ne saurait trop faire l'éloge des soins que lui prodigue son maître le cavalier Grassot. Celui-là aussi doit avoir un cœur sensible à l'amour. »

Ainsi s'exprimait la *Gazette de l'Adriatique.* Que dis-tu de cela, mon bon? Toute la journée ce fut chez moi une procession de gens qui venaient rendre visite à Gaëtano. Les uns lui apportaient des fleurs, *les autres des pastèques,* ceux-ci des citrons, ceux-là des sonnets. Naturellement j'étais obligé d'avancer des siéges. De temps en temps Gaëtano prenait sa mandoline et chantait des strophes à la petite marchande de friture ; il se plaignait de ses rigueurs, il enviait le sort des petits poissons qui rissolaient dans sa poêle. — Au moins, disait-il, ils rissolent près d'elle ! Puis il s'écriait avec un gémissement : — *Ah! povero infelice !*

Et toute l'assemblée répétait en chœur :

— *Infelice ! infelice !*

La *Gazette de l'Adriatique* publia un supplément le soir pour donner le bulletin de la journée, avec les sonnets adressés à Gaëtano. Il paraîtrait que je vais être obligé demain de lui poser une douzaine de sangsues, c'est toute la ville de Venise qui l'exige. En voilà un domestique qui joint l'utile à l'agréable ! Garde-toi bien de raconter un mot de tout cela à personne et surtout à Labiche, il serait capable d'en faire un vaudeville sous ce titre : *Grassot embêté par son larbin.* Silence ! silence ! Tu vois que tout n'est pas roses et chèvrefeuilles dans l'étude des mœurs étrangères ; on y est pincé quelquefois. Aussi je te le recommande derechef : sois muet comme la tombe ! La comparaison n'est pas gaie, mais je suis moi-même dans un grand marasme.

P. S. — Tu brûles sans doute de connaître mes idées sur l'école vénitienne ; mais l'existence échevelée et remplie de cascades que je mène ici ne m'a pas encore permis de me livrer fortement à l'étude de cette question. Toutefois j'avais commencé à ton intention un mémoire où j'exposais certaines vues critiques un peu originales, j'ose le dire, sur le Titien, mais ne voilà-t-il pas que l'abominable Gaëtano en a fait des cigarettes ! J'établissais un parallèle entre le Titien et Galimard au point de vue du coloris ; il faudra recommencer ce travail.

LETTRE SEPTIÈME

AU MÊME

Aventures dans les États-Romains

Sitôt pris, sitôt pendu ; c'est mon caractère. J'avais assez de Venise. Forcé par un ordre du conseil des Dix de poser quinze sangsues à mon

domestique Gaëtano, je m'exécute et je profite
du moment où les sangsues fonctionnent éner-
giquement pour décamper. Une tartane aux
blanches voiles m'emporte; allons-y gaiement !
Qui est-ce qui va être joliment attrapé demain ?
Le conseil des Dix, Gaëtano, les sangsues et
toute la ville de Venise.

Je mourais d'envie de voir Rome, car c'est
là seulement que l'on peut bien se rendre
compte de la manière de Raphaël. La tartane
me débarque à Ancône, et je continue mon
voyage par terre sans aucun incident digne de
remarque jusqu'à Acquapendente. Un bien joli
nom !

A Acquapendente ou me sert pour mon dîner un chien à la broche, car il ne faut pas
te figurer que l'on fasse bombance par ici,
quoique l'aubergiste essaye de me persuader
que ce chien est un lièvre. En voyage, on est
exposé à manger les choses les plus extraor-
dinaires, mais il n'en faut pas faire semblant,
parce que les gens du pays vous assommeraient;
ils ont leur amour-propre. Incommodé de ce
chien, je retiens ma place dans un corricolo,

espèce de coucou qui part pour Rome le soir
même. Successivement arrivent cinq autres
voyageurs qui retiennent les autres places. Il
n'y en avait que six; complet le coucou! J'aurais dû remarquer que ces nouveaux voyageurs
n'avaient pas de bagages, sauf un sac de nuit.
Je te dis ceci en passant; quand tu verras des
voyageurs monter en corricolo sans bagages,
méfie-toi!

Nous partons. Au commencement ça n'allait
pas trop mal; chacun faisait semblant de dor-
mir, et le conducteur sur son siége chantait un
air de Cimarosa; excusez du peu! Il pouvait
être minuit et il faisait une lune superbe, quand
tout à coup un des cinq voyageurs tire de son
sac de nuit un magnifique plumet rouge et
l'attache à son chapeau. Je le vois ensuite
fouiller de nouveau dans son sac et en tirer une
écharpe également rouge qu'il passe à sa cein-
ture. Puis il sort deux pistolets de ses poches et
s'écrie d'une voix tonnante : — Arrêtez! arrêtez! Je suis le célèbre bandit Sacripanto. La
bourse ou la vie!

La venette m'attrape, comme tu le penses

bien. Mais voilà mes compagnons de voyage qui se mettent à rire comme des bossus et qui, sous prétexte de chercher leur bourse, fouillent dans leurs sacs de nuit : — Voilà, me dis-je, des voyageurs philosophes qui prennent bien la chose. En un clin d'œil tous les cinq se trouvent affublés de panaches, de ceintures, de sabres et de pistolets. Alors ils ne rient plus et se regardent les uns les autres en silence d'un air stupéfait.

— Ah çà, dit l'un, vous êtes le célèbre Sacripanto?

— *Corpo di Bacco!* vous le voyez bien!

— C'est que moi je suis le non moins célèbre bandit Rinaldo-Rinaldini.

— Et moi, dit un autre, le fameux Lazzarini.

— Et moi, fait un quatrième, je suis le grand Spavento, la terreur des carabiniers.

— Et moi, ajoute le cinquième, je suis l'illustre don Fracassio, l'épouvantail des corricoli.

Tu penses que je ne buvais pas précisément du lait pendant cette scène.

— Ah! je comprends, reprend Sacripanto,

nous nous sommes tous déguisés en voyageurs pour mieux surprendre le corricolo à l'heure de minuit. Le tour est bon, mais nous en serons pour nos frais, car nous ne pouvons pas nous arrêter les uns les autres. Tout ce que nous pourrons faire, ce sera de ne pas payer notre place au voiturin.

— Et ce monsieur qui ronfle? dit Rinaldo-Rinaldini en me désignant (je faisais en effet semblant de ronfler), il a l'air d'un Anglais de distinction.

— C'est au moins un fort manufacturier de Manchester.

— Je croirais volontiers qu'il a le sac!

— Nous allons nous le partager, à moins que vous ne préfériez le tirer au sort.

Je compris que je ne gagnerais rien à me lamenter comme une faible femme et qu'un trait d'audace pouvait seul me tirer d'affaire. En conséquence je pousse un fort éternument qui étonne toute la compagnie; puis éclatant de rire: — Niouf! niouf! mes petits trognons, on veut donc faire de la peine à papa!

— Hein! qu'est-ce que c'est? s'écrie don

Fracassio. Monsieur serait-il des nôtres, par hasard?

— Je suis Fra Diavolo tout simplement. Qu'est-ce que vous dites de ça? *Fra Diavolo,* musique de M. Auber, de l'Institut!

— Ah! parbleu! s'écrient les autres, le tour est complet! Et là-dessus nous échangeons des poignées de main, des tapes sur le ventre, des coups de poing d'amitié, nous lâchons de gros calembours, nous faisons les cent coups; mais voilà que la voiture s'arrête, la portière s'ouvre, et nous voyons apparaître un septième personnage, coiffé lui aussi d'un chapeau à panaches et une carabine à la main.

— Messieurs les voyageurs, nous dit-il de l'air le plus sérieux du monde, vos bourses et vos montres, s'il vous plaît!

— Bon! m'écriai-je, encore un!

— D'où diable sort-il celui-là? demanda Sacripanto.

— Eh mais, c'est le voiturin!

C'était lui en effet; c'était le célèbre bandit Massacrini qui avait eu l'idée de se déguiser en voiturin et de conduire le corricolo lui-même pour être plus sûr de son coup quand le moment serait venu. Juge de son ahurissement en voyant à qui il avait affaire.

Les éclats de rire recommencent de plus belle ; on fait mille farces à Massacrini, on lui demande de ses cheveux, etc., etc. — Messieurs, dit alors Rinaldo-Rinaldini, vous jugerez sans doute comme moi qu'il est parfaitement inutile d'aller plus loin ; descendons, je connais une auberge ici près où nous pourrons achever la nuit dans l'orgie la plus échevelée.

La proposition fut votée à l'unanimité ; nous descendons et nous nous dirigeons vers l'auberge en chantant à tue-tête ce chœur de circonstance :

> Vive la folle orgie !
> Vive la folle nuit !
> Et la nappe rougie,
> Et le vin et le bruit !
> Etc., etc., etc., etc.

Tu n'es pas sans savoir, toi qui es allé quelquefois à l'Ambigu, qu'il n'y a pas de réunion

de brigands sans orgie, mais tu n'en as jamais
vu aucune de près. Quel sabbat, et quels bols
de punch ! C'est à la lueur des flammes bleuâ-
tres du quinzième bol que je t'écris sur un
coin de table pendant que les bandits ron-
flent dessous. Ça n'est pas agréable pour un
galant homme de se trouver dans une société
aussi mêlée, et encore, quand je dis mêlée, c'est
qu'elle ne l'est pas du tout. Tous brigands, mon
bon, et du premier calibre ! Voilà à quoi l'on
s'expose en voyageant ; j'aurais bien mieux fait
de ne pas quitter Acquapendente. Fais-moi le
plaisir, au reçu de ma lettre, d'aller à la recherche d'un sergent de ville et de m'envoyer le
premier que tu rencontreras. Tu pourrais encore prier Dormeuil de venir me réclamer ; il a
du bon sens, de l'éloquence, de l'onction, et je
pense qu'il produirait de l'effet sur ces rudes
natures de bandits. A tout hasard il ferait bien
de se munir de sa grosse canne à pomme
d'ivoire. Ne dis rien de tout ceci à M. Auber, de
l'Institut, il m'en voudrait peut-être d'avoir
usurpé le nom de Fra Diavolo. Nom d'un petit
bonhomme, quelle atroce position ! J'ai beau-

coup amusé les brigands au commencement de l'orgie avec mon *niouf! niouf!* Nonobstant ils avaient déjà des tendances à me demander mes papiers constatant ma qualité de bandit; que va-t-il arriver à leur réveil? *Infelice! infelice!*

P. S. — Tu penses bien que je ne suis pas d'humeur à te parler de Raphaël. Si quelqu'un se fiche de ce grand homme en ce moment, tu peux bien dire que c'est moi.

LETTRE HUITIÈME

AU MÊME

Dénoûment d'une terrible aventure

A la date de ma dernière lettre j'étais ce qui s'appelle dans mes petits souliers, tu sais com-

ment. Tombé par les hasards de la vie de voyageur au milieu d'une troupe de six bandits qui
me prenaient pour Fra Diavolo, de sorte que je
comptais moi-même pour un septième bandit,
je t'appelais à mon secours, je te suppliais de
m'envoyer quelques sergents de ville, d'aller
chercher la garde, en un mot de faire feu des
quatre pieds pour me délivrer, pendant que
les bandits ronflaient sous la table, à la suite
de l'orgie la plus flamboyante. Eh bien, tu
sauras que je me suis tiré d'affaire tout seul;
mais c'est le cas, avant d'aller plus loin, de
placer quelques considérations sur l'art dramatique qui me trottaient dans la tête depuis longtemps.

Ce n'est pas d'aujourd'hui que j'en ai fait la
remarque, une chose essentielle manque à nos
vaudevillistes, à ceux surtout qui travaillent pour
le théâtre du Palais-Royal. Ils ont l'invention, ils
ont l'esprit et le trait, ils ont le style grandiose,
épique même quelquefois, mais ils n'ont pas le
naturel de l'action. Cela tient à ce qu'ils sont
toujours trop préoccupés du soin de *justifier* les
entrées et les sorties des personnages. A force

de vouloir expliquer pourquoi le héros fait telle
chose plutôt que telle autre, ils tombent dans
l'impossible et l'invraisemblable. Il faut, par
exemple, pour les besoins de leur scenario,
que Pont-aux-Choux entre au café des Variétés.
Quoi de plus naturel qu'il y soit conduit par le
simple et bien légitime désir de prendre une
chope ou un petit verre? Eh bien, non, cette
explication leur paraît insuffisante et ils préfè-
rent supposer que Pont-aux-Choux n'entre au
café que pour adopter le premier garçon de
l'établissement, comme si dans la vie réelle on
ne prenait pas plus de petits verres et de
chopes qu'on n'adopte de garçons de café!

Le principal inconvénient de ce système de
composition dramatique, c'est de fausser complétement les idées du public. Comme il va pui-
ser des leçons de morale et des règles de con-
duite au théâtre, il s'habitue à aller chercher
midi à quatorze heures et à ne rien faire naturellement.

Observateur et moraliste par état et par goût,
j'ai eu souvent l'occasion de constater la jus-
tesse de cette remarque.

Pour ne t'en citer qu'un exemple, me promenant un soir sur le boulevard deux mois avant mon départ pour l'Italie, j'aperçus un monsieur qui allait et venait d'un air inquiet devant le café du *Grand-Balcon*. Après l'avoir observé quelque temps, je me décidai à lui demander poliment les motifs de tous ses zigzags; il me répondit qu'il mourait de soif, qu'il avait la plus grande envie du monde de monter dans le café pour boire une canette, mais qu'il n'osait pas.

— Et pourquoi donc? lui dis-je. Vous sentiriez-vous fautif sur l'article de la pièce de cent sous?

— Ce n'est pas cela, dieu merci, car je sors de gagner cinq ou six millions à la petite bourse.

— Alors qu'est-ce qui vous arrête?

— La peur d'être aperçu par M. Labiche.

— M. Labiche vous a donc défendu de boire de la bière?

— Pas le moins du monde; M. Labiche ne me connaît pas, il ne m'a jamais vu; mais je sais qu'il est extrêmement sévère sur la question des entrées et des sorties, et je craindrais

qu'il ne trouvât pas mon entrée au café du
Grand-Balcon suffisamment justifiée par le
simple désir de me rafraîchir.

— C'est donc à ça que vous êtes en train de
réfléchir depuis une heure ?

— Mon Dieu, oui. Je me cherche une raison
plus naturelle et plus plausible. Voyons, me
dis-je, ai-je l'intention d'enlever la dame du
comptoir ? Mais je ne sais pas seulement s'il y
en a une. Puis-je alléguer que je cours à la recherche d'un enfant changé en nourrice ou que
je fuis la poursuite obstinée d'un tigre du Bengale ? Tout cela, je vous l'avoue, ne me satisfait
pas complétement ; aussi me voyez-vous mou-
rant de soif à la porte, tirant la langue et n'o-
sant entrer.

Ne voulant pas laisser mourir cet homme qui
m'intéressait par un dévouement exagéré et
mal compris à l'art dramatique, je lui donne à
l'instant une forte tape sur le ventre.

— Eh bien, qu'est-ce que c'est ? me dit-il,
voulez-vous bien finir ?

Je lui donne un renfoncement accentué par
un *niouf ! niouf !* des mieux sentis ; il riposte

par un coup de parapluie, je saisis ce meuble, je le désarme et j'enfile au galop l'escalier du café. Mon bonhomme exaspéré s'élance à ma poursuite ; nous nous précipitons dans le café comme un torrent. Là je m'arrête, je me retourne, et lui rendant son parapluie de la meilleure grâce du monde : — Mon vieux lapin, lui dis-je, j'ai voulu seulement justifier votre entrée ici ; vous voilà dans l'établissement, rien ne vous empêche de vous rafraîchir, et M. Labiche lui-même avec tous ses collaborateurs n'aurait rien à vous dire. Vous êtes venu en effet, non pour boire, mais pour reprendre votre parapluie, c'est ce qui s'appelle une sérieuse justification.

Il me remercia avec effusion en jurant que par ce stratagème je l'avais empêché de mourir de la pépie. Depuis lors, je le rencontrai souvent, et, du plus loin qu'il m'apercevait, il courait à moi les bras ouverts, en criant : — Embrassons-nous, Folleville ! (c'était le pseudonyme de bienfaisance que j'avais pris). A la fin, ça devint une scie atroce d'être ainsi embrassé à chaque instant, et ce ne fut pas une des moindres causes qui me déterminèrent à faire un voyage en Italie.

Mais vois, cher Hyacinthe, quelle est la force du préjugé et de l'habitude ! Dans cette misérable auberge isolée où je me trouvais à la fin de ma dernière lettre au milieu d'une troupe de bandits qui ronflaient sous la table dans les attitudes les plus orgiaques, je ne remarquais pas que je n'avais qu'à prendre la porte tout simplement, tant j'étais moi aussi sous l'empire de la toquade des justifications. Une telle sortie ne me venait pas du tout à l'esprit et je me creusais la cervelle pour trouver quelque combinaison ingénieuse.

— Voyons, me disais-je, s'il arrivait tout à coup ici une escouade de carabiniers? Mais c'est impossible... Personne ne les a avertis, et il y aurait des murmures dans le public... Supposons que la guerre éclate et qu'une armée autrichienne envahisse le pays... que les Anglais, par suite de la chute du ministère Palmerston... Mais non, tout cela n'a pas le sens commun... Est-ce que le feu ne pourrait pas prendre à la maison?... Ah ouitche! nous tombons dans

l'Ambigu… c'est alors que le public se fâcherait,
et Dormeuil assurément n'accepterait jamais ce
moyen… ah mais, suis-je donc bête! je vais
m'en aller tout naturellement, et si Labiche n'est
pas content, il prendra des cartes!

Cette idée pourtant bien simple ne m'était
venue qu'au bout d'une heure de réflexion. Je
n'en fais ni une ni deux, et je décampe d'un
pied léger. Le jour commençait à poindre, je
gagne les champs. Mais une fois en sûreté, voilà
mes scrupules qui me reprennent. Non, pen-
sai-je, j'ai beau dire, tout ça n'est que so-
phismes, et ma sortie n'est pas justifiée du tout.
S'en aller comme ça naturellement c'est trop
absurde, et pour sûr Labiche et ses collaborateurs vont me faire une scène affreuse à mon
retour. Où me fourrer? Que leur répondre?
Cache-leur ce détail, Hyacinthe. Tu as de l'imagination, une connaissance approfondie du ré-
pertoire, invente quelque chose; fais-toi sortir
de cette maudite auberge de façon à contenter
tout le monde.

Les bandits sont beaucoup plus artistes qu'on
ne le croit généralement. J'ai entendu mes gre-

dins au commencement de l'orgie émettre sur
Michel-Ange certaines idées de la plus haute vo-
lée. Je te les communiquerai dans ma prochaine
lettre, pourvu que j'aie le cœur à l'ouvrage.

LETTRE NEUVIÈME

AU MÊME

Descente aux enfers

Il ne faut pas être honteux, mon bon ; on
doit au contraire ne se rien refuser dans ce
monde quand une bonne occasion se présente.
Le cas échéant, fais comme moi, tu t'en trou-
veras bien.

Il y a quelques jours, me promenant du côté
de Cumes, je rencontrai une vieille dame qui me

salua par mon nom et m'offrit ses services. Je
lui demandai quels services elle pouvait me
rendre; à quoi elle répondit qu'elle était la sibylle de Cumes, qu'elle demeurait dans un
antre du voisinage, et qu'elle était dans l'usage
de dire la bonne aventure aux voyageurs de
distinction, qui ne manquaient jamais en passant de venir la consulter. — Hélas! ma bonne
dame, lui dis-je, vous me semblez bien rata-
tinée. — C'est le grand âge, mon fils. — Je le
vois bien, mais tu me parais bien familière de
m'appeler ton fils; apprends que je ne suis
fils que de mes œuvres. — Et toi, je te trouve
bien fier! serais-tu un prince déguisé? — C'est
mon caractère d'être fier, et je ne réponds pas
à des questions de portière.

Là-dessus je tournai les talons; voilà comment il faut parler aux sibylles quand on veut
les remettre à leur place.

Je parlai le soir de cette rencontre à quelques notables du pays qui se trouvaient dans
mon auberge, lesquels m'assurèrent que la véritable sibylle de Cumes existait encore quoique
fort vieille, et que c'était elle probablement

que j'avais aperçue. En songeant à cette rencontre la nuit suivante, je me rappelai que
cette vieille avait anciennement conduit Énée
aux enfers, et ma foi, me dis-je, pourquoi
n'irais-je pas moi aussi faire un petit tour de
promenade par là? Je sais bien que ces sortes
d'aventures sont ordinairement réservées aux
princes, aux héros capables de figurer plus tard
dans un poëme épique, et l'on me reprochera
peut-être d'avoir voulu m'égaler à eux. Eh
bien, tant pis ; si l'on ne veut pas me mettre
dans un poëme, on ne m'y mettra pas, et ceux
qui ne seront pas contents prendront des cartes.

Le lendemain, j'ai soin de me lester d'un
solide bifteck, j'avale une forte tasse de café
pour me monter un peu l'imagination, et je
me dirige vers l'antre de la sibylle, sans avertir
personne et en prétextant une simple promenade de digestion.

Cet antre ressemblait à une soupente de portière, et je comprends maintenant pourquoi on
appelle ces soupentes des antres. Celui-ci était
déplorable comme ameublement : il n'y avait
autre chose qu'une chaise de paille sur laquelle

la sibylle était assise et un gueux qu'elle avait
sous les pieds. Elle épluchait des légumes pour
un pot-au-feu sans doute imaginaire. En me
voyant entrer, elle me dit qu'elle m'attendait,
qu'elle savait pourquoi j'étais venu, mais qu'il
me fallait avant tout aller dans la forêt voisine
cueillir le rameau d'or, ainsi que l'avait fait
Énée trois mille ans avant moi.

— Bon, lui dis-je, je comprends, et ce n'est
pas la peine de me parler par paraboles. Il faut
commencer, n'est-ce pas, par lâcher la pièce de
vingt sous ?

— A bon entendeur, salut, reprit-elle ; ce
grand nigaud d'Énée fut plus longtemps à me
comprendre, et il eut la simplicité de s'en aller
voir dans le bois s'il y avait effectivement un
rameau d'or.

Nous rîmes beaucoup de cette réflexion, après
quoi je fis la remarque que s'il ne lui arrivait
des pratiques que tous les trois mille ans, elle
ne devait pas faire fortune.

— Oh ! me dit-elle, il vient quelquefois des
Anglais !

Tout en causant ainsi elle avait fait ses préparatifs, et nous nous engageâmes dans une galerie souterraine fort obscure par une porte située au fond de l'antre.

N'est-ce pas une chose vraiment extraordinaire qu'après tant de siècles, de changements, de bouleversements de toute sorte cette entrée des enfers soit encore à la même place, et qu'elle continue d'être visitée par des curieux comme au temps d'Énée? C'est à quoi je pensais en m'enfonçant dans la galerie au bout de laquelle nous entendîmes bientôt d'affreux aboiements qui ne me rassurèrent pas du tout.

— C'est le chien Cerberus, me dit la sibylle.

— Tirez, tirez! m'écriai-je, allez coucher, à la paille!

— Il vaudrait mieux le calmer par la douceur, autrement je ne réponds pas de votre fond de culotte.

— Diantre! que ne le disiez-vous plus tôt!

Heureusement je m'étais muni d'un os de côtelette que je jetai à Cerberus, et nous passâmes. Un peu plus loin, Caron nous attendait avec sa barque. Je lui donnai deux oboles, c'est-à-dire deux sous, une pour moi, l'autre pour ma conductrice. Mais ne voilà-t-il pas que ce vieux grigou me les rejette au nez en jurant que c'étaient des monacos! Je me fâche, une querelle s'engage, nous nous colletons et nous sommes sur le point de tomber tous les deux de la barque dans le Styx. La sibylle prit mon parti en disant à Caron qu'il n'était qu'un ladre et un grippe-sou, que le mois dernier il avait encore cherché dispute à des Anglais fort riches, et que si cela continuait elle ne lui amènerait plus personne. Tout finit pourtant par s'arranger, à la condition que je donnerais au vieux nocher deux ou trois pipes de tabac.

— Que ce soit la dernière carotte que vous tirez à mes pratiques! dit sévèrement la sibylle, autrement vous entendrez parler de moi.

Quelques minutes après, la porte des champs Élysées s'ouvrait devant nous. Ma foi, mon bon, je te l'avouerai, je n'osai pas aller plus avant, de peur qu'on ne me fît une farce en ne me laissant pas revenir sur 'mes pas. Cela se fait quelquefois pour les gens que l'on veut mettre à Charenton; on leur persuade de visiter l'éta- blissement, et, une fois entrés, ils ne sortent plus. Je me contentai donc, me tenant d'une main à la porte, de me pencher en dedans pour voir ce qui se passait dans l'intérieur.

Une foule d'ombres bienheureuses allaient et venaient; et dans le nombre, je reconnus un groupe composé de Virgile, du Dante, de Michel-Ange, de Raphaël et autres grands personnages. Ils étaient arrêtés et causaient entre eux. Tout à coup le Dante, s'étant retourné de mon côté, s'écria.

— Tiens, voilà Grassot !

— Un peu ! lui réponds-je.

— Qu'est-ce que tu fais là à la porte ? me dit Virgile. Viens donc avec nous.

— Plus souvent, mon bonhomme.

— Est-il bête ! fit Raphaël. Entre donc, je ferai ton portrait.

— Et moi, je te fais un pied de nez, lui dis-je.

Et je joignis le geste aux paroles, sur quoi tout le groupe partit d'un grand éclat de rire.

— Toujours le même, ce diable de Grassot ! fit Virgile.

— Malin comme un singe ! ajouta le Dante.

— *Niouf ! niouf !* A revoir, les amis !

Là-dessus, je prends le bras de la sibylle et nous nous en retournons. Ce ne fut pas sans un certain plaisir que je me retrouvai bientôt après dans l'antre de ma conductrice, qui sut m'extirper encore quelques sous pour s'acheter une chaufferette, à ce qu'elle disait. Il me parut que la bonne vieille ne cultivait pas la carotte avec moins d'ardeur que l'affreux Caron.

Voilà comment je descendis aux enfers. Certes, je ne prétends pas que l'on fasse de cette histoire le poëme épique qui manque à la littérature française. Ce n'est pas dans notre génie d'être épiques. Mais l'Académie des beaux-arts vient justement de mettre au concours la cantate pour le prix de composition musicale. Voilà un sujet tout trouvé pour les concurrents : *La descente de Grassot aux enfers.*

LETTRE DIXIÉME

AU MÊME

Promenade à Baïa

Colline de Baïa, poétique séjour,
Voluptueux pays qu'habita tour à tour
   Tout ce qui fut grand dans le monde!

. . . .

Voilà des vers que je ne cesse de répéter de
is quelques jours au point de me rendre in
pportable à tout le monde. C'est que je sui
si fait : quand la poésie me prend, aucu
rgatif ne me l'ôterait du corps. *Deus! ecc
us !* Je ne suis plus Grassot, je suis une py
)nisse.

Mais aussi c'est un paysage sans égal que ce golfe de Baïa, et qui rappelle les vers de M. Scribe dans *les Huguenots* :

Quel spectacle *enchanteur*
Vint s'offrir à mes yeux *enchantés !*

Je t'ai entendu blâmer cette répétition des deux mots *enchantés* et *enchanteur* dans la même phrase. Mais je trouve que ce n'est pas encore assez ; quand on suffoque, quand on est sur le point de faire explosion, il ne faut pas marchander avec le nombre des soupapes de sûreté.

La colline de Baïa s'étend en fer à cheval sur un espace d'une lieue environ. Pour t'en donner une idée, figure-toi le golfe comme un immense pied de cheval auquel la colline sert de fer. Je ne sais pas si je me fais bien comprendre. A présent imagine-toi cet énorme pied de cheval te lançant une ruade en pleine poitrine, c'est l'effet que produit l'admiration, on est renversé. Le maréchal ferrant qui forgea ce fer n'était pas manchot.

Il paraîtrait que les anciens Romains, qui n'étaient pas manchots non plus, j'entends à table, la fourchette à la main, venaient ici faire leurs bombances. Ils avaient sur cette colline des maisons de campagne, des bastides, comme disent les Marseillais, où ils conviaient leurs amis à de fortes ripailles. C'est ici même, à la place où je me trouve en ce moment, que s'élevait la bastide d'Apicius, la plus belle fourchette de son temps. On n'en voit plus que des ruines, et dans ces ruines, en grattant la terre avec ma canne, j'ai découvert un croupion de volaille qui provenait évidemment des débris de quelque gobichonnade dont ce lieu fut autrefois le théâtre. Je compte faire hommage de ce croupion au musée de Naples.

Veux-tu savoir quel riboteur c'était que ledit Apicius? Écoute un peu cette description d'un rôti sans pareil qu'il offrit un jour à ses convives.

Il mit une olive farcie aux câpres et aux anchois, et marinée à l'huile vierge, dans le corps d'un becfigue auquel il avait préalablement coupé la tête et les pattes;

Ce becfigue ainsi troussé dans un ortolan gras et bien en chair;

L'ortolan dans le corps d'une mauviette entourée d'une barde de lard très-mince;

La mauviette dans le corps d'une grive parée et troussée;

La grive dans le corps d'une caille;

La caille enveloppée d'une feuille de vigne dans le corps d'un vanneau;

Le vanneau dans le corps d'un pluvier doré par les meilleurs doreurs de l'époque;

Le pluvier dans le corps d'un perdreau rouge;

Le perdreau rouge dans le corps d'une bécasse;

La bécasse dans le corps d'un canard sauvage;

Le canard sauvage dans le corps d'une pintade;

La pintade dans un faisan;

Le faisan dans une oie;

L'oie dans une dinde;

La dinde dans un chevreuil ; et comme l'intérieur du chevreuil n'était pas exactement rempli, Apicius boucha les vides avec de la farce, des marrons et de la chair à saucisse.

Figure-toi ce que devait être un pareil rôti après avoir mijoté à un feu doux pendant quelques heures, et compare-le à notre veau si mesquin aux petits oignons. C'est-à-dire qu'il y a de quoi briser sa fourchette de dépit !

Comme j'aime à citer mes autorités, je te dirai que c'est dans *la Cuisinière bourgeoise* que j'ai puisé ces renseignements sur les magnificences gastronomiques des anciens Romains.

Léchons-nous les doigts et continuons.

On m'a montré le lac Lucrin, autrefois célèbre pour ses huîtres. Un savant du pays qui m'accompagnait m'a dit à cette occasion que la fourchette à manger les huîtres avait été inventée par les Romains, et que c'était le trident de Neptune qui leur en avait donné l'idée.

Le trident de Neptune est le sceptre du monde.

C'est pour cela que cette fourchette est appelée trident. Je ne vois rien d'inadmissible dans cette opinion, qui demanderait pourtant à être exposée dans une brochure. Les savants sont un peu sujets à caution. A dîner, le soir, je demandai une douzaine d'huîtres lucrines. Devine ce que l'on me servit. Une anguille à la tartare. Je voulais d'abord tout casser, mais on m'expliqua que le lac ne produisait plus des huîtres, mais seulement des anguilles, lesquelles étaient toujours qualifiées d'huîtres sur la carte. On en voit de belles en voyageant.

Je passai la journée à visiter une foule de maisons de campagne historiques qui ornent la colline de Baïa, la maison de Lucullus, celles de Mécène, de Catulle, de Pompée, etc., etc. L'inconvénient de toutes ces maisons, c'est de ne plus exister du tout, ce qui rend fort difficile de porter un jugement sur leur architecture, mais je leur pardonne en considération des hôtes illustres qui les habitèrent. A leur place, on voit des chèvres, un baudet qui broute, une grosse pierre, un tronc d'arbre, etc., etc. Mon guide, m'arrêtant devant un buisson, me dit :

— Voilà la maison de campagne du grand Cicéron, le prince des orateurs romains!

En voilà un qui n'avait pas sa langue dans sa poche, et qui parlait comme un livre. On le vit bien lors de son fameux plaidoyer pour Milon ; ce Milon avait tué Clodius. Cicéron plaida pour lui et réussit à faire condamner son client, ce qui est arrivé à plus d'un avocat. Milon, exilé à Marseille, se consolait en relisant le plaidoyer de son défenseur et en mangeant du poisson de la Méditerranée. Si j'avais été à sa place, j'ose dire qu'entre mon avocat et moi ça ne se serait pas passé comme ça, mais chacun a son caractère. On raconte que ce nom de Cicéron lui venait de ce qu'il avait une verrue sur le nez en forme de pois chiche ; c'était d'ailleurs un homme de bien qui jouissait d'une grande considération, de sorte que je me permets de résumer ainsi sa carrière : ce fut un homme pur et de poids qui n'était pas chiche de beaux discours. Comment le trouves-tu, celui-là ? Ombre illustre du prince des orateurs, pardonne-moi ce simple badinage qui n'ôte rien à l'admiration que tu m'inspires !

Par exemple, ce que l'on m'a montré de fort joli, ma foi, sur le rivage, c'est un petit temple de Diane des plus coquets, dont il reste encore

une colonne. Pendant que je regardais cette colonne avec une admiration bien sentie, survint
une famille anglaise composée d'une vieille
dame, d'un monsieur et de cinq ou six jeunes
filles. A cause de la chaleur, j'étais en manches
de chemise et je portais mon paletot sur l'é-
paule ; ses plis tombant avec grâce imitaient
assez bien la draperie antique, de sorte que la
vieille dame vint à s'imaginer qu'elle voyait en
moi un grand prêtre de Diane.

— Vénérable vieillard, me dit-elle, mortel
chéri de la chaste déesse, voilà bien une colonne, mais où est le reste du temple ? voudrais-
tu nous le montrer ? Tu ne regretterais pas d'a-
voir été sensible à nos vœux.

Juge si ça me flattait d'être pris pour un
grand prêtre et traité de vénérable vieillard,
avec ça que la vieille dame me tutoyait comme
dans les tragédies.

Je lui répondis que le reste du temple était
dans ma poche, et que Diane ne voulait pas
permettre aux Anglais de le voir, parce qu'ils
étaient hérétiques. Voilà ce qui s'appelle raser
les gens, mais j'aurais bien voulu que Ponsard

fût là pour me mettre en vers cette réponse pleine de fierté. Là-dessus je passai les manches de mon paletot, et je te conseille d'en faire autant si tu ne veux pas t'enrhumer. Adieu, je te donne une pichenette sur le nez, et puis une chiquenaude, et puis encore une croquignole, tout cela amicalement, comme tu le penses bien, et par forme de plaisanterie. *Placuit nasus tuus :* ton nez m'a toujours paru aussi beau que le plus beau temple de Diane.

LETTRE ONZIÈME

AU MÊME

La jeune Procitane

Tu penses bien que je ne me serais pas éloigné des rivages poétiques de Naples sans aller faire mon petit pèlerinage à Procida. Je suis donc monté sur une barque de pêcheur, par une des plus belles journées que l'on puisse rêver. Je mets pied à terre, et aussitôt un spectacle enchanteur vient s'offrir à mes yeux.

Une douzaine de jeunes filles dorées par le soleil s'avancent à ma rencontre et m'entourent en exécutant des danses que je suppose à première vue remonter au temps des Étrusques.

— Bel étranger, me disent-elles, tu dois être fatigué et avoir besoin de repos. Laquelle de nous sera assez heureuse pour t'offrir l'hospitalité dans sa cabane?

Moi qui n'ai pas la berlue je choisis la plus belle, et, lui pinçant légèrement le menton : — Comment t'appelles-tu, brune enfant?

— Pepitina, pour te servir, noble étranger.

— Eh bien, Pepitina, conduis-moi sous ton chaume.

Ici je vois ton visage se couvrir d'une pudique rougeur. Eh bien, tu n'y es pas du tout, mon vieux, et tu fais des frais de vertu inutiles. Attends seulement le second acte, tu feras la bégueule plus tard.

Les compagnes de Pepitina s'éloignent d'un
ir vexé, et je suis la jeune fille qui me montre
chemin en exécutant des pas de caractère,
omme à l'Opéra. Nous allons comme ça pen-
ant deux heures; je commençais à me sentir
tigué, mais ces jeunes filles de pêcheurs ont
n jarret du diable. Enfin nous arrivons à une
ibane taillée dans le roc. Un vieux bonhomme
sa femme arrivent à notre rencontre, me
rennent les mains et me remercient d'avoir
ien voulu me reposer sous leur humble toit.

— Tu dois être bien fatigué! me dit le pê-
seur, qui s'appelait Pepito.

— C'est-à-dire que je suis échiné, lui ré-
ondis-je.

— Et tu dois avoir faim! me dit la femme
1 pêcheur, qui s'appelait Pepita.

— J'avoue que je croquerais volontiers un
orceau.

— Tu vas être servi à souhait. Garçon, le
ner de monsieur! Trois plats au choix, des-
rt, demi-bouteille de vin, une douzaine
huîtres.

6

— Voilà, voilà! répond un jeune môme, le fils de la maison, qui s'appelait Pepiti.

— Ah çà! me dis-je, je suis donc tombé dans un restaurant à trente-deux sous!

Il n'y avait pas d'huîtres à cause de la tempête de la nuit précédente qui avait contrarié la pêche, et la demi-bouteille de vin se trouvait remplacée par une jarre remplie d'eau; mais cette jarre était de forme antique. Le môme Pepiti me sert sur deux assiettes de bois un morceau de fromage de chèvre et des figues sèches autrement dit *ensucrées* (c'est un mot provençal que j'ai appris en passant à Marseille). A l'aspect de ce service mesquin, mon nez s'allongea d'une façon prodigieuse, en raison de la longueur de mes dents. J'aurais bien demandé des suppléments, mais je compris que c'eût été inutile.

Ce n'était pas la peine, pensais-je, d'aller me chercher si loin pour m'offrir un pareil menu. Cependant le pêcheur Pepito, sa femme Pepita, leur fille Pepitina et le môme Pepiti, rangés en cercle devant moi, semblaient me regarder avec admiration. Après tout, me disais-je, ces braves gens t'ont offert ce qu'ils avaient, soyons aimable. Je le fus; ils riaient comme des bossus. Au dernier morceau de fromage, Pepito me dit :

— Tu dois être fatigué, noble étranger, ne crains pas de l'avouer.

— Je l'avoue sans crainte, bon Pepito. Une couche moelleuse ne me déplairait pas.

— Elle le sera moelleuse, ta couche, et même odorante, j'ose te le promettre.

— Tant mieux, bon Pepito.

On me conduit alors dans une pièce voisine où étaient alignés, dans un coin, plusieurs fagots de bruyère et de branches de pin. C'était mon lit, ou plutôt ma couche, selon la poétique expression de cette affreuse canaille de Pepito. Nom d'un petit bonhomme! les côtes m'en font encore mal; c'était dur, mais odorant, je n'en disconviens pas. Je leur dis : — Bonsoir, les amis! et je me couche, car il n'y avait pas à tortiller, ce qui n'empêche pas que je me suis tortillé diablement toute la nuit sur ces branches de pin. Pour ciel de lit, un toit dévasté à travers lequel on apercevait le ciel véritable, fais-toi une idée de cela. Le chien du logis, qui s'appelait Pepo, rôdait autour de la maison et venait de temps en temps se mettre en arrêt à une lucarne du toit, au-dessus de ma tête. Il me regardait d'en haut d'un air d'envie qui semblait dire : — Voilà un particulier joliment bien couché et qui n'est pas à plaindre ! Je le regardais d'en bas avec inquiétude, et lui me fixait avec persévérance. S'il allait manquer aux bienséances ! Pendant que je faisais cette réflexion, j'entends un bruit de guitare à la porte, accompagnant une voix fraîche et pure. C'était Pepitina qui chantait une chanson que je reconnus tout de suite pour étrusque.

La jeune fille me donnait une sérénade, il n'y avait pas à en douter.

Mais bientôt la voix du vieux Pepito vint se marier à celle de sa fille..

La vieille Pepita ne tarda pas à se mettre de la partie.

Le môme Pepili fit chorus au refrain.

Le chien Pepo s'adjoignit à ce concert.

— Ma foi, me dis-je, allons-y gaiement, et je me mis à chanter avec eux. Peu à peu les voix s'éteignirent, le bruit de guitare cessa, et je restai seul avec le chien, qui me regardait toujours par la lucarne et que d'en bas je ne perdais pas de vue, de crainte d'accident. C'est ainsi que je passai la nuit. Au point du jour je me levai avec la ferme intention de décamper au plus vite. Toute la famille m'attendait dans la pièce voisine, elle voulait absolument me retenir à déjeuner.

— Non, lui dis-je, je connais ça ; deux plats au choix, demi-bouteille, dessert, une douzaine d'huîtres, à l'instar du Palais-Royal. Merci, ce sera pour une autre fois.

— Au moins, célèbre romancier que tu es, me dit Pepito, n'oublie pas de parler de nous dans ton prochain ouvrage, ainsi que de ma fille Pepitina à qui tu as donné dans l'œil.

— Et toi, réponds-je, tu m'as donné dans les reins avec ta couche moelleuse de cotrets, j'en suis tout bleu. Ah ça, est-ce que c'est la coutume ici de se ficher des étrangers que la mer vous amène ?

— Tu n'es donc pas un romancier? reprit Pepito.

— Romancier toi-même !

— Mais alors, si tu n'es pas un romancier, s'écria Pepito furieux, qu'es-tu donc venu faire ici ?

Tu sais que je ne suis pas endurant. Je me mets à pousser des cris de paon, et la scène allait devenir tragique, quand tout à coup voilà Pepitina qui se jette entre nous ; alors tout s'explique, et voici ce que j'apprends. Tous ces Pepito, Pepita, etc., y compris leur chien, sont soudoyés par un journal de Paris intitulé *le Réveil*, pour attirer chez eux les gens de lettres qui vont visiter Procida. On leur offre l'hospitalité, on leur fait accroire qu'ils ont donné dans l'œil à la jeune Procitane, et sous ce prétexte on les retient quelques jours. Quand l'étranger s'éloigne, Pepito, Pepita, Pepiti, Pepitina et même le chien Pepo font semblant de se tuer de désespoir. Le candide gent de lettres ne manque pas de raconter la chose dans son prochain volume, et *le Réveil* s'empresse de crier au plagiat et d'accuser l'écrivain d'avoir volé cette histoire au comte de Forbin, à qui, paraît-il, une aventure analogue arriva dans des temps reculés. C'est une toquade de ce journal.

Tu vois le danger que j'ai couru; en vérité on est exposé à de bien drôles d'accidents en voyage. Méfie-toi, à l'occasion.

Adieu, mon fidèle Pollux; ton Castor pour la vie.

P. S. — Voici bien une autre histoire. De retour à Naples, un avis officieux m'avertit que je viens d'être inculpé dans l'affaire du *Cagliari* et que l'on me cherche partout pour m'arrêter. Il paraît que l'on implique tout le monde dans cette affaire. *Cagliari* par-ci, *Cagliari* par-là, on n'entend pas parler d'autre chose. Le temps de mettre mes bottes de sept lieues et je file à grande vitesse.

LETTRE DOUZIÈME

AU MÊME

L'ermite du Vésuve — Retour en France.

Au moment de monter sur le bateau à va-
peur qui doit me ramener en France, j'éprouve
le besoin de me recueillir et de rassembler mes
impressions.

Je ne sais pas si l'Italie que t'ont montrée mes
lettres est celle que tu avais rêvée; j'ai peut-
être tordu le cou à quelques-unes de tes illu-
sions. Tant pis, mais la franchise avant tout ;
j'ai dit ce que j'avais vu, ce que j'avais pensé,
ce que j'avais senti.

J'aurais voulu te parler plus longuement des
musées, des galeries artistiques, des bibliothè-

ques, mais tu as dû remarquer que les circon-
stances m'en avaient constamment empêché :
l'homme est en voyage le jouet des flots, des
vents, des postillons et des aubergistes ; et certes
aucun voyage, pas même celui de Levaillant,
ne fut plus incidenté que le mien. Toutefois
j'en ai assez vu pour pouvoir te certifier que
Raphaël n'est pas au-dessous de sa réputation,
car c'est en Italie seulement que l'on peut étu-
dier sérieusement ce maître. Ainsi je te conseille
de parier hardiment à l'occasion en faveur de
Raphaël, toutes les fois que tu l'entendras dé-
biner par des amateurs ignorants. Pour moi,
lorsqu'il s'agira d'établir un parallèle entre Galimard et Raphaël, je n'hésiterai jamais à me
prononcer pour ce dernier, et même je parierai
toujours pour lui autant de chopes que l'on
voudra. Les paris servent à former le jugement ;
à force de perdre des chopes on finit par y regarder à deux fois avant de se lancer, et, comme
le disait un ancien : La jeunesse inconsidérée
propose légèrement des gageures, l'âge mûr
plus prudent ne les tient qu'à coup sûr.

J'ai eu l'occasion de vérifier cette assertion

des géographes que l'Italie a la forme d'une botte. Je m'étais toujours figuré que c'était un paradoxe mis en avant par quelque géographe pour flatter l'amour-propre de son bottier chez lequel il avait un fort mémoire. Rien n'est plus vrai pourtant, et c'est encore un point sur lequel tu pourras sans crainte hasarder des paris. Je connais un homme qui, au moyen de cinq ou six paris habilement amenés et toujours les mêmes, se régale journellement dans son café habituel sans jamais payer un sol de consommation. On ne sait pas assez toutes les économies qu'il est possible de réaliser par ce moyen, seulement il faut être joliment ferré sur les cinq ou six questions susceptibles de fournir matière à des gageures. Il me souvient d'avoir lu à ce sujet dans *Télémaque* des conseils très-judicieux donnés à son élève par Mentor. Il serait à désirer qu'un homme compétent écrivît un poëme didactique sous ce titre : *l'Art de parier.*

Avant de quitter l'Italie, j'ai voulu voir le Vésuve. Ce volcan ne fait jamais relâche complétement, et il est toujours curieux à visiter, même dans ses moments de repos. Pour beau-

coup de gens une ascension au Vésuve n'est
qu'un prétexte pour monter à âne, car c'est à
âne que l'on grimpe la montagne ; on se croi-
rait à Montmorency. Les ânes sont généralement très-curieux, et lorsqu'ils sont arrivés au
volcan ils ne manquent jamais d'allonger le cou
et d'avancer la tête pour regarder dans le cratère. Que diable peut-il y avoir d'intéressant
pour eux dans ce spectacle? Ce qu'il y a de
plus singulier, c'est que ce sont toujours les
mêmes ânes qui sont mis en réquisition pour
cette excursion ; ils ont regardé dans le cratère
plus de cent fois, et ils recommencent à chaque
voyage, comme s'ils n'étaient pas le moins du
monde blasés sur ce tableau.

Celui que je montais n'eut garde d'y manquer ; juge si moi qui me trouvais dessus j'étais
à mon aise ! Avec ça que l'on ne m'avait pas
averti. Il fallut le tirer en arrière par la queue.
Alors mon guide me dit qu'il y avait dans le
voisinage un ermite en grande réputation dans
le pays, quoiqu'il n'y fût installé que depuis
peu de temps, et que je ne pouvais pas m'en
retourner sans lui rendre visite.

Je tope à la proposition, et nous voilà en route pour l'ermitage ; l'ermite était sorti pour aller cueillir des simples. Mon guide partit à sa recherche, et pendant ce temps je restai dans l'ermitage dont les murs étaient couverts d'inscriptions qui me parurent singulières. En voici quelques-unes que je notai sur mon calepin :

— *Jalousie, affreux poison, détestable piquette que le sort verse dans la coupe des mortels.*

— *Herminie, coupable Herminie, tu fus bien légère !*

— *Malheureux l'homme qui sacrifie trop à Némésis, déesse de la vengeance !*

— *Le Bengale n'a jamais produit dans ses jungles un tigre tel que moi !*

— *Je rends dix points à Othello et je le gagne,* etc., etc., etc.

Pendant que je notais ces bizarres inscriptions l'ermite arrive, il relève son capuchon, et je reconnais notre imbécile de Pont-aux-Choux.

Te serais-tu jamais attendu à pareille rencontre ?

Pont-aux-Choux se précipite vers moi les bras

ouverts ; je le reçois sur ma poitrine d'homme :

— Ah çà, lui dis-je, tu t'es donc fait ermite ?

— Tu le vois.

— Et ton Herminie ?

— Hélas ! ne m'en parle pas, soupire Pont-aux-Choux.

— Il y a donc eu du grabuge ?

— Grassot, mon ami, regarde-moi.

— Je te regarde, Pont-aux-Choux.

— Eh bien, tu peux te flatter de voir un fier gueux !

— Allons donc ! un toqué je ne dis pas, mais un gueux...

— Un monstre, ô mon ami.

— Diantre !

— Écoute et tu sauras tout. Te rappelles-tu ce que je te dis à Gênes, Grassot ?

— Tu m'as dit tant de choses, Pont-aux-Choux !

— Je te dis que, fuyant les poursuites de ce type odieux du *monsieur qui suit les femmes*, j'avais quitté Paris avec mon Herminie pour venir m'établir près du Vésuve, dont les fureurs seraient au niveau des miennes, dont les rugissements seraient au diapason des grondements de ma poitrine. Dis-moi, Grassot, dis-moi, t'en souviens-tu ?

— Parbleu ! D'ailleurs je connais ce couplet, je l'ai chanté.

— Eh bien, je vins m'installer comme je me l'étais promis dans ce site sauvage, mais je n'y trouvai pas beaucoup d'agrément.

— Tu m'étonnes.

— Oui, un *monsieur qui suit les femmes* nous avait suivis jusqu'ici, et chaque jour il venait à âne, sous le prétexte de contempler le Vésuve. Naturellement je me mis à rugir. Je comprends que cela ne devait pas être agréable à Herminie ; toutes les nuits je troublais son sommeil par mes rugissements. A chaque nouvelle visite je rugissais plus fort, tellement que le *monsieur* dit un jour à son guide : —Ah çà mais, il y a donc un autre volcan par ici ? Enfin ça devint plus fort que moi. Une nuit n'y tenant plus, je me dis : Ce cratère béant demande une victime, précipitons-nous ! Mais, réflexion faite, je changeai d'idée et ce fut mon Herminie que je précipitai dans le gouffre.

— Polisson ! m'écriai-je indigné.

— Le mot n'est pas trop dur, reprit Pont-
aux-Choux ; donne-m'en d'autres encore plus
odieux, je les ai mérités, et c'est pour expier
mon forfait que je me suis fait ermite.

J'accablai Pont-aux-Choux d'invectives ; après
quoi nous prîmes ensemble un petit verre de
quelque chose et je plantai là ce gredin de Pont-
aux-Choux. Auparavant il me supplia de lui
donner ma malédiction, ce que je fis volontiers.
Il y tenait, c'était son idée.

Hier, en arrêtant ma place sur le bateau à va-
peur de Civita-Vecchia, qu'est-ce que j'aperçois ? La volage Herminie qui venait aussi arrêter la sienne au bras d'un monsieur.

Juge de ma stupéfaction !

— Ah çà ! m'écriai-je, depuis quand le cratère rend-il sa proie ?

— Vous savez donc cette histoire ? me répond Herminie. Alors elle me raconte que c'est
un mannequin préparé tout exprès que Pont-
aux-Choux, aveuglé par sa fureur, a lancé dans
le Vésuve. Désormais, ajoute-t-elle, me voilà
libre et débarrassée de ce tigre rugissant qui, me
croyant au fond du cratère, ne va plus bouger

de son ermitage pour être à portée de surveiller encore mes mânes ; et moi je vais me donner du bon temps.

Je ne pus m'empêcher de dire sévèrement à Herminie que Pont-aux-Choux était un corni-chon, mais qu'elle était une véritable madame Framboisy, à quoi elle répondit qu'elle voulait absolument aller voir les prochaines courses de la Marche.

Nous partons demain sur le même paquebot. Prie les vents et la mer de m'être propices ; c'est ce que tu peux faire de mieux, et je suis sûr que tu n'y manqueras pas. O doux zéphyrs du printemps, portez jusqu'à moi les vœux d'Hyacinthe !

FIN

Paris. — Typ. de Mᵐᵉ Vᵉ Dondey-Dupre, rue Saint-Louis, 46.

Vient de paraître chez le même

ALEXANDRE DUMAS FILS

LA DAME

AUX CAMÉLIAS

PRÉFACE

DE JULES JANIN

ÉDITION ILLUSTRÉE

PAR GAVARNI

40 LIVRAISONS A 25 CENTIMES

20 dessins de Gavarni tirés à part

PARIS. — TYP. DONDEY-DUPRÉ, RUE SAINT-LOUIS, 46.